문학과지성 시인선 **584**

신발의 눈을
꼭 털어주세요

심지아 시집

문학과지성사

문학과지성 시인선 584

신발의 눈을 꼭 털어주세요

펴낸날 2023년 5월 3일

지은이 심지아
펴낸이 이광호
주간 이근혜
편집 이주이 김필균 허단 방원경 윤소진 유하은
마케팅 이가은 최지애 허황 남미리 맹정현
제작 강병석
펴낸곳 ㈜문학과지성사
등록번호 제1993-000098호
주소 04034 서울 마포구 잔다리로7길 18(서교동 377-20)
전화 02)338-7224
팩스 02)323-4180(편집) 02)338-7221(영업)
대표메일 moonji@moonji.com
저작권 문의 copyright@moonji.com
홈페이지 www.moonji.com

ⓒ 심지아, 2023. Printed in Seoul, Korea

ISBN 978-89-320-4149-0 03810

이 책은 서울문화재단 '2019년 창작집 발간 지원사업'의 지원을 받아 발간되었습니다.

문학과지성 시인선 584

신발의 눈을 꼭 털어주세요

심지아

시인의 말

집으로 돌아가
불을 밝혔다

우리가 가진 것을 낭비하리

2023년 5월
심지아

신발의 눈을 꼭 털어주세요

차례

시인의 말

아리야와 디에게

0부

직물의 연결

*

'그 잠은 우리에게 있을지도 모르는 제2의 거처와도 같아서……'

여자는 적고 있다. 베껴 온 것인지 여자에게 속한 문장인지 더는 기억나지 않는 문장을 적고 있다. '그 잠은 우리에게 있을지도 모르는 제2의 거처와도 같아서……' 여자의 거처에서 여자는 거처의 없음을 적고 있다.

*

자신에게 속한 물건들을 테이블에 내려놓았다. 자신에게 더는 속하지 않는 물건들이 테이블 위에 놓여 있다. 여자는 한 번도 누구의 것인 적이 없었다. 여자는 자신의 것이었던 적이 없다.

*

사물들이 고요하다는 것이 사물들이 아름답다는 말과

동의어처럼 느껴지는 순간이 있다. 사물들이 고요하다는 것이 안식이라는 말과 동의어처럼 느껴지는 순간이 있다.

*

부엌으로 들어가는 타슬린은 이미 절반쯤은 구겨진 듯하다. '이미'라는 말은 언제를 지시하나. 그것은 언제 시작된 것인가. 그것은 언제 그렇게 되어버린 것인가. 시간은 그에게 엎질러진 감정이다.

*

광장으로 난 창문에는 녹색 유리병이 있다. 녹색 유리병에는 물이 담겨 있다. 물은 녹색 유리병의 색을 하고 있다. 식물의 물관을 열어본다면, 식물의 물관을 열어본다면, 녹색 유리병에 담긴 물 같을까. 유선형의 목소리로 잠들어 있는.

*

마른 수건에 마른 손을 닦는다. 초록 물병 속 물의 정
지를 바라본다. 생선의 굽은 몸은 그가 오래도록 누워 있
었던 해안선을 떠오르게 한다.

*

물에 잠긴 인물들은 차분해 보인다

*

허술하고 허술한 그의 작은 기적을 보라

*

키우는 식물이 아무것도 없는 뭍에서는
물에 젖은 두 발로

*

밀가루처럼 순한 마음들이 있는 곳으로 갔다

1부

가연성

겨울을 들여다보며 여름을 씻고 있었다
여름은

고요해졌다

고요가 장소 같다면

여름은 너무 많은 장소다

바닷가

사랑을 나누기 위해 우리는 고요해졌다

풍경과 배경을 섞어
아무것도 낳지 않았다

*

나는 안으로 들어가 속이 되거나
밖으로 걸어 나와 겉이 될 수도 있지만

*

이제 이것은 우리를 말할 것이다
아주 적게 아주 조금

이제 이것은 우리를 말하지 않을 것이다

*

모래에 발을 담그고

파도에 발을 묻고

그리움을 잃어버리고 돌아오는 기계를 상상한다

*

어떤 사람들은 한 부분이 젊다

*

물이 되어가는

기쁨 속에 있다고 바다는

*

이것은 되찾으려는 이야기가 아니다

헤엄

유리잔이 창틀에 놓여 있다

단단하고 투명하다

쉽게 부서진다 물은

물에 닿으려고

투명을 쌓는다

목을 포함하여

난간들은

구조물의 일부로서 고요하다

고요는 기민한 이동처럼 보인다

흩어진 획은 흥미로운 파손처럼 보인다

뼈의 이름들은 샅샅이 발음되었다

한 줄 적고 고개를 들면

책상은 정오를 지난다

화물처럼 화물열차처럼

전부는 아닌

모서리들을 싣고서

선반들은 가벼운 무게에 시달린다

출발은 적재되었다 적재되고 있다

물의 틈 없는 일렁임처럼

나의 망각이

나를 흔들어 깨운다

상자들

온갖 크기의 겨울이었다

상자를 따라 다른 겨울이 이어졌다

상자와 상자 사이로 빗자루처럼 문장들이 지나갔다

상자의 속도에 맞춰 걸을 수가 없구나

걸음을 잃지 않게 걸음을 치료 없이 그대로 둔다

상자는 상자의 위치를 벗어난다

위치로 가서 위치를 획득할 수 없었다

어린 시절은 손을 흔들어 위치를 들킨다

위치가 어디쯤일까

한눈에 들어오지 않는 장소다

상자에게는 서두름이 없고 눈꺼풀이 없다

상자는 눈을 붙일 수가 없다

없다 라는 말은 어떤 감정을 일으키는 단어다

상자를 옮기려면

상자를 앞질러야 하는데

풍부한 세계가 자꾸만 나를 차지한다

상자의 속도에 맞춰 걸을 수가 없다

네가 밤을 사랑하듯이

골목의 세계에는 폭설의 감정이 내린다

골목의 세계에는 폭설이 내리고 있는 신체가 걸어간다

세밀하게 더 세밀하게 눈이 내리고 있는 골목의 세계
에는

네가 들고 있는
그것은 춥니

온통 젖어 있는
그것은 춥니

잠을 빼앗긴 투숙객처럼 묘연해졌지

이상하게 배치된 사물들처럼 걷고 있었지

아직 태어나지 않은 장소들처럼 웃음을 터뜨렸어

모두가 웃고 있었는데

모두가 비어 있었어

하나가 되지는 않았지

혼자 쓰는 일기

우리는 일곱 사람이고 여섯은 나뭇가지다 하나는 수수께끼이고 나뭇가지는 비를 맞으며 날씨의 기쁨을 세밀하게 펼친다 우리는 여섯 사람이고 다섯은 잠에서 깨고 만다 하나가 없는 얼굴은 조금 헐겁다 하나만큼 죽음이 사라져서 다섯은 딴생각을 한다 네 사람은 의자의 모퉁이이고 하나는 몇 시간 동안이나 편지를 쓴다 의자의 모퉁이는 꼼짝도 하지 않고 생활은 세계에 있다 셋은 대합실에서 인간을 짜고 있다 겨울은 서둘지 않는다 하나는 고양이처럼 곁에 머물지 않는다 곁을 발견하게 한다 우리는 두 사람이고 뜻밖의 일이다 하나는 웃는다 하나는 오랫동안 눕혀져 있었고 둘은 말장난을 한다 하나가 묻는다 하나가 생각하면 하나를 들을 수 없다 둘은 하나 곁으로 조금씩 다가간다 둘은 갖고 있지 않다 일요일에는 미래를 생각할 수가 없다 일요일은 둥근 테이블이고 다른 램프들이 조금씩 놓여 있다 불빛을 충분히 바라보고 일요일을 고르게 잘라 여덟 사람이 설거지한다 일곱은 창가로 가서 밖을 내다본다 하나가 가득 실려 간다 일곱은 대답을 할 수가 없다 겨울은 서둘지 않는다

눈사람

얼어붙다와 녹다 그 두 개의 동사를 그는 겨울에서 가
져온다

해가 비치는 장소를 따라 화분을 옮기듯

그의 투명한 창문이 그를 옮겨 간다

얼어붙다와 녹다 그 두 개의 동사가 그의 노트에 적혀
있다

문이 열리지 않으면
안에 사람이 있어요

문들은 중얼거려졌다
덧붙여진 잠에 실려

발이 고르게 지면에 놓이는 느낌을 좋아한다
그런 발로 곁을 지나갔지

나는 쉽니다

비켜 가세요

손잡이들은 확신하지 못한다

그의 노트가 녹고 있다

문 없는 단어들처럼

가득하고 고요하게 증발하는 낙서처럼

그것은 따뜻한 공간처럼 보였고

와본 적이 없는 곳이다

삽 깨뜨리기

깨끗한 삽으로 풍경을 뜨고 싶다

악몽일기

악몽일기
이 두 단어 사이에는 빈칸이 없어야 한다
악몽일기
한숨에 몰아 발음해야 한다
악몽일기
그것은 가장 깨끗하게 씻긴 형식일 것이다
악몽일기
내가 꾸는 꿈에는 소리가 없다 들을 수 있다
악몽일기
물에 잠겨 흔들리는
악몽일기
잎과 줄기와 뿌리의 구별이 없는 이야기들
악몽일기
모든 생생함은 미끄럽고 더 미끄럽고
악몽일기
미소에는 미소 아닌 것이 섞인다
악몽일기
손가락은 변형한다
악몽일기

의자와 테이블을 하나하나 꺼뜨리며

악몽일기

반짝이는 검은 고양이의 세계로

악몽일기

검은 봉투에서 청사과를 꺼내다가 검은 봉투에서

악몽일기

아늑하다면, 둘레가 아늑하게 폭 싸인다면

악몽일기

씨앗들, 사뿐하게 숨 쉬는 씨앗들

악몽일기

꿈에 싸인 아이와 천변을 걷는다

악몽일기

이상한 활기를 걷는다

악몽일기

독버섯처럼, 나는 식욕을 느낀다

2부

표정의 고양이

주어는 머리통처럼 날아갔다

주어에는 여닫게 되는 창문이 많았는데

술어의 불안이 자물쇠들을 푼다

물고기처럼 차갑고 조용해 보인다

더위라는

폭이 넓은

표현된 세계 속에

팔꿈치와 팔꿈치로

고이는 긴장

주어가 다 뜯겨 나가면

파라솔 아래

맨종아리들

그런 것들이 장면이라면

의미는 헐거운 단춧구멍처럼

잘 채워지지 않기를 바란다

신발의 눈을 꼭 털어주세요

0.
그림자와 바닥이 나누는 대화에는
살이 없어서 빗자루로 슬슬 쓸려도
간지럽혀지지 않는다

0.
사람이 많은 곳에서는
설탕 가루처럼 졸음이 내린다

0.
졸음의
졸음 섞인 저울 위에서

무게가 흔들린다
방향을 묽게 하는 방향들처럼

0.
비보호

라는 단어는 흥미롭다

0.
안전 운행이라는 단어도

0.
짧은 가을이었고
가을은 가을의 맛이 났고
순한 맛의 날씨였기에

의문이 남겨졌다

0.
사다리가 있다는 것은
마음을 말하는 한 가지 방식

0.
높낮이가 없어서

사다리가 흥미로워진다면

0.
이야기는 드물게 살아가며

의문은 피부와 같아서
나의 피부는 전개된다

거처처럼
거처의 없음처럼

불행은 이상한 통로가 되었다

0.

지루함도 없이

겨울이 열어놓은 문장

0.

수평의 느낌이 쏟아지는

책장 넘기기

책장을 넘긴다 종이의 얇음을 넘긴다 앞면과 뒷면이 다르게 적히는 세계를 넘긴다 넘겨지지 않는 것들이 남아 있어서 위치를 표시할 수가 없다 돌아갈 수 있을 것도 같았는데 매번 다른 곳이었다

생활의 다짐

　테이블의 가장자리를 그린다 기억
에 남는 것이 적어서 새해에는 생활을
적어보기로 했다 생활에는 가장자리
가 많고 가장자리는 중심에서 멀다 나
는 뼈들의 가장자리로서 중심에서 멀
다 가장자리가 먼 테이블을 그린다 테
이블이라는 감각만 남아 있는, 테이블
이라는 경험만 남아 있는, 중심이 잘
보이지 않아서 지니고 다니는 무게를
아무 데나 부리게 된다 표면이 움푹해
지고 시간은 그릇 모양이 되려는 걸까
아무것도 없어요 손을 저으며 말하는
그가 있다 그릇을 씻고 부시고 비우고
담고 부딪히고 그릇째 깨지고 오늘은
그릇에 묻어 있다 아무와 아무를 맞추
고 오늘을 따라간다 오늘은 자꾸 운동
을 따라온다 그네를 밀듯이 그네가 돌
아오듯이 그네에서 내려 모래 위로 움
푹함을 내려놓으며 걸어가듯이

체조를 저장한 단어

체조 선수는 안마를 떠났다 체조와 함께는 아니었다 안마 위에는 체조가 남았다 가장 무표정한 체조가 내가 착용하는 피부다

공간은 구부러진다 더 나은 사랑을 알지 못한다

아무 발도 필요하지 않은 걸음이 있다 두 손의 가지런함은 길들이고 있다 양손의 공평함이 길어진다 이름을 말하는 고통은 아주 어렸을 때로 거슬러 올라간다 *네, 없습니다*

들판에 체조를 이식한다 들판은 이미 거주자들을 수거했다

죽음은 잘못 이해된 단어다 *봄을 지키고 있을게*
꿈에서 그런 말을 들었다 두 손은 죽어가는 경향이 있었고

가로로 길어지는 건반 위에서 손은 손의 해방에 관여

하려 한다 손이 손을 기다린다 손이 손을 맴돈다 인접한
들판들이 액자 밖으로 인접한다 액자가 들어간 적 없는
들판이다 아무 발도 필요하지 않은 걸음이 발을 꺼내고
있다

여름

물에서는 아무것도 꺼내지 않아도 좋았다

물을 오래 바라보면 장소가 남지 않은 느낌으로

옮겨간다

기척이 없어서 공간의 죽음에 실릴 수 있었다

화물처럼

부표처럼

물속에 있는 물체의 위치는 발견되지 않는다

같은 풍경을 놓치고 있다

빈 공간

에스컬레이터는 높이를 회수한다

재빠른 평면이어서 적을 수 없다

*

질량을 다 운반하고도
마음의 표면이 보이지 않아

금이 가는 얼굴로 산책을

*

비를 따라
공중을 발견하면서

케이크의 양초처럼
사람의 나를 꺼뜨린다

*

찬 공기와 더운 공기가 자꾸만 어린이를 열어
어린이의 기분이 복제된다

자그마한 얼룩처럼 공간에
어린이의 기분이 일렁인다

*

무릎이 덮고 있는 흔들림
토마토의 얇고 엷은 껍질

안을 슬며시 놓치고

*

바깥은 펼쳐지려 하고
잘 접히지 않는다

*

에스컬레이터는
너무 빠른 속도다

*

그것을 적으려 한다면

정지는 너무 빠른 속도다

*

나는 정지된다
텅 빈 시간이 끼어든다*

*

에스컬레이터는
                나를
                낭비한다

* "텅 빈 시간이 끼어드는 게 보였다"(아니 에르노, 『그늘의 말 혹은 침묵』, 정혜용 옮김, 민음사, 2022).

토마토는 토마토의 열매다

0
토마토는 토마토의 열매다
열매는 식용한다

어떤 것은 파란 감자보다도 파랗다

2
토마토를 썰어
토마토를 갈아
토마토를 찍어
·
·
·
동사는 토마토를 뒤적거리려 한다
동사는 토마토를 내버려 두지 않는구나

동사를 써버렸고
동사를 써버렸다

3
화덕에서는
여름이 구워진다

3
장면을 획획 넘긴다

3
화덕에서는
여름이 구워지고

장면들은 나를
획획 넘긴다

4
풀을 덧바르는 풀처럼

풀을 덧바르는 풀처럼

책장을 넘겼고
들판을 넘기거나 넘기지 않는다

0
펼쳐진 채로
들판은 나를 가로지른다

3
처음 와본 곳에서는
공간에 대하여 공손하다

3
처음 와본 곳에서는

다 알고 있는 이야기가

이상하게도 줄줄 샌다

0
장면들이 여름을 획획 넘긴다

0
여름에 입장하려면
이야기를 버리면 되었는데

빛으로도 비로도
여름은 쏟아지고 있었고

여름의 쏟아짐은 고요한 책장처럼 고요하고

0

아주 느린 템포로

끝을 지나가고

0

여름은 내맡겨진다

누구에게도 아닌

여름의 사라짐에

바닷가

구두가 누르고 선 건반에선
소리가 난다 아직도
라는 부사가 지속되는 관자놀이처럼

새카맣게 타버린 그림자들
바싹 달라붙어 있는

유령은 미래의 정서다
액자의 밖에서
액자의 안을 흐르게 하는

해변에는
여름을 닮은 문장들
여름을 닮은 주검들

여름이 깨끗이 닦아놓은

잉여

이마가 식어간다

팔을 덮을 소매가 길어진다

수분과 당분으로 기록되는

여름의 맛

혀와 이와 뇌를 투명하게 적시는 맛

*

물의 표면을 얇게 저미듯이

물을 저으며 돌아오는 물고기들

전부를 덮기에는 너무 얇은 표면들

*

여름의 과육처럼 부드러운 모음들

베어 물며

이상한 해방감을 느낀다

*

How can you be so serious?
너는 말하고

졸음은 어떻게 농담을 꺼낼 수 있는지를 안다

*

식은땀처럼 여름의 말씨를 흘린다

여름의 자음들은 수박씨처럼 뱉어졌다

정수리에서는 휘발하는 장면들의 냄새가 나는 것 같다

*

금속의 날이 부드러운 것에

닿아 얇은 표면을 얇은 표면에서 분리한다

*

하나가 충분히 존재한다는 건 뭘까

*

어떤 사람들은 많은 것을 하려고 하고
어떤 사람들은 적은 것을 하려고 한다

졸음은 어떻게 농담을 꺼낼 수 있는지를 안다

토르소

깨끗한 단면이 좋아
케이크 가게에 간다

잘 잘린
단면이 나열되어 있다

휴일이 내쉬어진 것처럼

*

조각을 조각으로서
의자를 의자로서

이런 나열은 부드럽다

다만 화초처럼

어긋나는 것이었는데

*

정오는 식욕처럼

투명해지고

이상하리만치 조용하게

무너지는 단면들 단면들

*

접시의 많은 부분이

퍼덕인다

*

가지런하게

요일처럼 나열되고

가지런히는 가득 차 있다

빈 바구니처럼

눈을 뗄 수가 없다

3부

읽기의 회복

해변에는

실눈처럼 가늘어진

새들,

어떤 목소리는 졸린 목소리 같아서

따라가고야 만다

여덟의 젤리

연하게 흔들리는 구조물

반고체 무른 고체

고체가 액체의 성질에 가까울 때

미끈거리는 감촉이 맛의 대부분인

*

발의 재질이 무르고
미세한 속도의 이야기처럼

도착을 갖지 않았지

*

잘 닦인 접시 위에서
투명하게 잘려 나간다

*

식물이 건드리게 되는 공기의 흔들림처럼

무릎에서 잠든 창문의 눈꺼풀처럼

입술 없는 이야기의 희미함처럼

*

무게들은 흩어진다 단어가 없는 아침으로

*

잘 닦인 접시 위에서
투명이 잘려 나간다

가득한 피부처럼

모국어는 끝나지 않는다

일요일에는 주머니가 많다

잔디는 발을 숨긴다

잔디를 닮은 카펫을 그린다

거실이 죽은 듯이

생기롭다

*

끝에게도 끝이

그런 것이 필요할까

*

어린이에게는 두서가 없다

발을 모두 숨겨서 풀을 따라잡을 수 있다

*

가장 느린 동물을 사랑해서
우리가 나누는 사랑에는

사랑이 작용하지 않는 것처럼 보인다

*

속도가 가시적으로 줄어들고
비가시적인 속도는 시선의 고장 같다

잦다와 친숙하다는 구별되는 사물이다

잦은 고장에 친숙하다
그것은 고통이 결여된 문장인가 고통을 포함한 문장인가

고통이 길들여진 문장인가

어린이에게는 두서가 없다

*

네가 아직 기계였을 때에도
너를 이루는 금속들이 풍부해서

너는 내게 아직은 알려지지 않은 다정이었지

*

서랍의 질서는 무구하다
그런 사랑은 어딘가 심하게 흐트러져 있다

*

내게 어울리는 속도를 고안하다가

속도를 잊어버렸다

나는 내게 낯선 얼굴이다
그것은 내가 내게 갖게 된 의견의 전부다

*

전체가 다 담기고도 공간이 너무 많아서
주머니의 시간은 희소하게 풍부해진다

*

아무것에도 싸여 있지 않을 때

피부는 가장 예의 있게 보인다

눈보라

더운 김이 나는 문장을

한 모금씩 나누어 마시면

도착하게 되는 겨울

잠의 등고선

종이 자르기 의자 자르기 문장 자르기 날씨 자르기

졸음이 나를 자르고 있다

의자에 앉아 듬성듬성 잘린다

아직 덜 잠든 발가락만이 의자를 장식한다

나 좀 끼워줄래?

이렇게 졸린 눈이라면 곰들도 설득되고 말 것이다

자르기 놀이하는 졸음을 이어 목소리의 잠을 만들어
볼까

겨울이 아니어도

너를 사랑하고 싶다 너에게 아직 덜 잠든 발가락만이
달린 졸음을 보내고 싶다

이런 선물이라면 실수를 저지르는 것일까

이런 선물이라면 분포한다 듬성듬성하게

등고선에 혼자를 그려 넣는 방식으로

여기저기 허술하게 옆이 분포하는 방식으로

졸음의 모자를 쓰고도 졸음의 모자를 쓰지 않고도

옆은 더 엷게 옆의 영토를 흔든다

울타리처럼 겨울은 하나씩 부러지는데

어깨를 맞댈 듯 슬픔은 가까이 잠들어 있다

눈사람

너는 좋아했지
머랭의 녹는 맛을

녹는 맛

겨울의 흰 눈 속에
붉은 혀를 내미는 맛

이상한 가벼움이
스며드는 맛

조금씩 슬픔이
사라지는 맛

잠이 없는 나는
너무 졸려서

나는 또
잠든다

눈 위로 쌓이는 눈의 사태처럼

잠 위로 덮이는 잠의 사태처럼

마음이 생겨나
발이 녹으면

나를 깨우러 와도 된단다

두부

밖이 안을 예감하는 일
잘못 말해진 부드러움

장소의 어림

아이들이 슬픔을 베껴놓았다

그러자

다른 것이 되었다

*

세 개의 문장이 놓이는 간격은

멀다

*

달게 조려지고 있다

*

어린 시절에서는

손에 쥘 수 있을 만큼 작아진
당과를 꺼낼 수 있다

*

오후의 선반에
사탕과 과자를 진열하고

고운 체에 여름의 긴 그림자를 거르고

*

의자가 보살피는 침묵은
시간을 부풀게 한다

*

사람이 들어온다
사람은 단수일 때도 복수로 읽힌다

*

무릎을 낮춰 널리 분포하는
선반과 눈을 맞추고

팔을 뻗어 달게 조려진 것을 고른다

*

입속에
사라지는 맛을

*

부드러운 살이어서
입은

침묵을 감싼다

*

어둠의 것도
사물의 것도
사람의 것도,

아닌

플라나리아

흰 플라스틱 통에는 흰 알약이
스티커는 버려졌다

망가진 것들을 공들여 고쳐보는 주의 깊은 손
가지런한 치아를 혀끝으로 쓸어보는 일

케이크 시트를 하얀 크림이 덮어간다
케이크들이 차가워진다

환한 뼈
눈이 부셔서 피부로 덮어놓은

사람들이 차가움을 사 간다

실험 시간에는
하나에서 하나를 길게 갈랐다
토막토막 자르는 손도 있었다

눈썹 사이 공간

촘촘하게 접힌

음악들의 이상한 너비를 듣는다
아무 데서나 눈을 감고 싶다

하지만 여분의 눈동자
유리 벽에서 높낮이를 고른다
안을 밀면 부드러운 세계에 대한 예감

부드러워 보이는 일이었고
부드러움이 분열하는 소리를 들으며

조금 무서웠다
조금도 무섭지는 않았다

가장 작은 단위에서
기다리고 있었다 오래 기다리고 있었다

손잡이가 없는 장면들

시소가 응시했다

안개의 목소리와 갈비뼈를

단맛이 나는 모서리들

유리창마다 모서리와 바람이 달게

들러붙는다

겨울과 겨울 아닌 일

상자를 실은 트럭들이 속속 도착한다 카트에 상자를
싣고
층과 층 사이를 문과 문 사이를 여기와 여기 사이를 눈
금처럼 세밀하게 발견하며

상자들아 이리로 와
여기에는 크리스마스와 밤이 있어

케이크와 차를 준비하고
촛불이 밝히는 공간의 이목구비들

얇고 납작한 그릇에 잘라 담을
겨울과 겨울은 아닌 일들

다 담기지는 않을

밤이 상자 같다고 생각하자 거실은 더 작은 상자가 된다

상자들아 이리로 와

여기에는 이야기와 밤이 있고
시작과 입술이 없어

밤이 상자 같다고 생각하자
리본의 부드러움은 밤으로 난 오솔길처럼

                                    밤을 해치지 않는다

  어떤 상자는 펼쳐놓은 희미한 거미줄의 리듬에 걸려
흔들리고
  어떤 상자는 점점 가벼워져 잴 수 없는 무게가 되어
가고
  어떤 상자는 상자에조차 비좁았지만
  어떤 상자에는 동작들이 잠들어 있다 그것은 상자 자
신의 잠과는 다른 일이었는데

  상자 더미 사이로 상자가 사라진다 상자 더미 위로 상
자의 사라짐이 쌓인다
  상자 더미가 와르르 무너진다 위치가 분주하게 변경

되고 소란이 텅 빈 방의 고요로 모조리 흡수될 때 그것은
상자의 사라짐과는 조금 다른 일이었는데

　밤이 상자 같다고 생각하자 그것은 상자 속의 어둠과
는 조금 다른 일이었는데

밤과 비

비가 옵니다

비는 울지 않고

비는 옵니다

밤은 검정 우산 같군요

아이가 검정 우산 속으로 들어갑니다

검정은 오래 덮을 수 있는 포근한 이불입니다

아이가 이불 아래서 움직입니다

검정을 움직입니다

거대한 검정을 움직이며 놀다가

까맣게 잠이 듭니다

해부학 교실

우리의 배 속을 열어보렴
이파리들과 그림자들이
아름다운 저울처럼 흔들리고 있는
우리의 고독을 열어보렴

겨울의 빛

그림자가 오래도록 빛을 마셨다

입가를 닦아주고 싶다

덜 녹은 아가미를 흘리고 다니는 사물들

4부

겨울에 쓰는 시

겨울에는 낮이 짧고 밤이 깁니다 겨울의 낮빛은 종종 겨울의 밤빛보다 아늑해 보입니다 낮빛 속에 손을 꺼내 놓았고 마음은 벗어놓은 장갑 속에서 나를 기다려야 했습니다 불을 밝힌 건물들은 안을 궁금하게 합니다 불을 밝힌 문장들은 자꾸만 나를 모르는 곳으로 돌아가게 합니다

겨울에는 실내 온도를 내 얼굴보다 자주 보게 됩니다 거울은 화장실에 하나 있어요 금욕주의자들의 마을에서는 얼굴을 여러 번 나누어 살펴야 할 만큼 거울이 아주 작았답니다 오후에는 공장에서 나무 장난감을 만들었고 저녁을 먹고 성가를 연습하고 차가운 공기 속을 걸어 숙소로 돌아옵니다

겨울에는 실내와 실외에 대한 사랑을 다르게 실천합니다 오늘 나는 겨울 공기 속을 걸으며 미움에 휩싸였지요 겨울,이라는 발음 속에는 얼어붙은 들판이 있습니다 얼어붙은 들판에는 겨울,이라는 발음으로 내쉬어진 입김들이 얼어 있어요 입김들은 채 식기도 전에 얼어붙어 더운

김을 유리 주전자처럼 감싸고 있어요 그런 생각을 그렇게 둔 채로 겨울은 얼어붙고 겨울은 녹습니다 얼어붙은 들판의 아득함이 잠시 동안 나의 부피를 아늑하게 합니다 주전자를 문지르지 않아도 요술처럼 김이 오르고 그의 아라비아풍 잠은 겨울잠을 닮았고 그는 방해받지 않은 채로 나의 지니는 말이 없습니다

　겨울에는 이불이 더욱 친밀하게 느껴져요 이불과 나는 사랑을 나눌 수도 있습니다 이불 속에서 몸은 부분적으로 느긋해집니다 매일 나는 안식을 더 잘 분할할 수 있습니다 오늘은 빵 한 덩이를 얻었고 식물들은 물을 조금 덜 마십니다

　겨울에는 앉아 지내는 시간이 길어집니다 긴 비행을 하는 기분이 들어요 긴 선으로 투명한 그림을 그리고 그림 속에 정교함이 빠져 있다는 것이 즐겁습니다 나는 대체로 실수하고 있는 기분입니다 이런 기분은 나를 어디로 옮겨 갑니까 내게 정교함이 빠져 있다는 것이 나를 슬프게 하지는 않습니다

눈송이들은 눈송이들의 순간으로서 눈송이들의 순간은 겨울을 함부로 헤집지도 겨울을 비좁게 파고들지도 않습니다 눈송이들의 순간은 겨울이 겨울을 경험하게 합니다 겨울은 겨울의 어느 순간을 오직 눈송이들에 내맡깁니다 세계의 어느 곳에서는 눈송이들의 순간이 가까워지고 있어요 문장은 이곳을 실어 가고 나는 이름 대신 눈의 현상을 가져와야 했는지도 몰라요 단어는 잘 녹지 않으니까요 그것은 어떻게 가능합니까 당신은 말하고 혀 위에서 녹아 스미듯 휘발하는 그것이 이를테면 흥분과 닮았고 닮음과 같음은 전혀 다른 말이고 전혀 다른 말들이 비슷하게 들릴 때 전혀 다른 눈송이가 하나의 거대하고도 섬세한 스스로 움직이는 풍경을 이룰 때

따뜻한 실내에서 눈송이들을 따라 나의 질량이 흩어집니다 나의 부피는 하나하나 건드려지고 나의 실내를 실외와 온도 맞추면 그건 꼭 무덤 같을 거라고

겨울에는 이상한 말들이 입김처럼 축축하게 부서졌어

요 겨울이 중얼거리는 눈송이들을 들으려 거리의 공기는 차가워집니다 겨울과 나의 온도가 달라서 나는 자꾸만 살아서 겨울을 사랑했어요 그러고 나면 언제나 나는 조금은 춥고 조금은 따듯하고 사랑을 모르겠는 입술이 되어요

쇄빙선

에밀의 모자가 에밀의 머리를 떠나
해변의 검은 자갈 위로 내려앉는다
밤의 깃털로 덮인 윤이 나는 새처럼
신비한 이야기에 멈춰진 언덕의 고요처럼
침묵으로의 정교한 착지처럼

찻잔 하나를 깨뜨렸다

연인들은 이름 속에 담기기를 좋아한다
네가 부르는 나의 이름이

내게 덜 낯설다
너의 목소리가 그것을 나르기 때문에

불이 꺼지는 순간

오랜 어둠의 신선함을 마셨다

폐포와 살갗이 눈꺼풀과 목구멍이 정강이와 발목의 움푹한 곡선이

마시고 마셨다 신선한 어둠의 검고 검은 피를

바다

입에 물면
물이 새는 여름

흠뻑 마시고도
빛이 남아서

꺼뜨릴 수 없을 것이다

프랑켄슈타인

내게는 소생을 위한 공간이 필요하다 나는 눕는 자세를 위한 하나의 몸을 준비한다 내가 나의 빈집이 되어가는 아주 짧은 시간을

여름에는 천변에 텐트를 친다 남자가 곁에 누워 있다

내가 사랑했던 사람들은 눕는 자세를 오래도록 사랑하였다 잠이 없는 사람도 눕는 자세를 미워하지 않았다 다만 오래도록 사랑하였다 나의 사랑은 끊기는 성질을 가졌으나 끝나지 않는다

나의 고백에는 고백의 대상이 없다 내게는 아무래도 시가 없다

아무 데서나 누워 있는 사람은 근심하게 한다 너무 오래 누워 있는 사람은 근심으로부터 잊힌다 눕는 자세를 지속하는 사람은 가까스로 살아 있다 그는 가까스로 잠이 든다

우리의 싸움에는 증오가 없다 우리의 싸움에는 다만 더 많은 베개가, 베개가 태어나는 사랑 없는 탄생의 순간이, 탄생이 사랑에 기대고 있지 않다는 것, 그것이 나의 희미한 기쁨이다, 그런 기쁨으로는 아무것도 아무래도 만들 수가 없는 것이다, 당신은 만들어진 다툼을 읽고 오래도록 희미한 기쁨을 지난다

세계의 방들을 돌며 베개를 모으는 사람 베개를 쌓으며 베개를 이으며 낮으로도 밤으로도 혼란처럼 귀환하는 베개의 수집가 베개 위에 요철이 많은 두개골을 얹고, 두개골에 꼭 맞는 자세를 찾지 못하는 당신, 휴식에 꼭 맞는 자세를 찾지 못하는 당신, 두개골을 덮고 있는 피부의 고요를 쓰다듬기를 미루며 밀려나는 언어를 바라보는 당신,

문장을 핏속에 이식하기 좋은 밤, 핏속에서 문장을 꺼내기 좋은 밤, 문장을 끊어보기 좋은 밤, 문장이 툭 끊기기 좋은 밤, 그을음처럼 문장이 지나가는 밤, 네가 나를 지나가기 좋은 밤, 네가 너를 지나가기 좋은 밤, 죽음을

이어보기 좋은 밤, 죽음을 벌려보기 좋은 밤, 좋은 것을 좋은 것에 이어보기 좋은 밤, 좋은 것이 지나가는 긴 허리의 소리가 들리기 좋은 밤

　나의 사랑은 끊기는 성질을 가졌고, 사랑을 사랑에 잇대지 않으며, 사랑이 사랑을 건너기 좋은 밤

토르소

눕는 일은 아득했다

의문은

뼈와 살에

폭 싸여

매장의 장소를 바라본다

묻다 그리고 묻다

낱말들은 서로를 뒤덮지 않는다

낱말들은 서로의 배치에 대해 느슨한 지루함을 느낀다

낱말들은 서로의 배치를 되풀이하며 열리고 닫힌다

더 많은 부위들이 놓인다

파묻힌 것처럼

눈을 털어 뒤덮임으로부터

일으키려는 것처럼

네가 눈 속에 있었을 때

네가 뒤덮임 속에 있었을 때

밤에 폭 싸여

난간에 매달리듯

잠이 들 때

몸의 부위들을 하나하나 짚어내며

불을 알릴 때

밤은

뼈와 살에

폭 싸여

너무 작은 이불처럼

밤이 드러날 때

복도식 아파트

복도는 밤을 걸게 한다 복도는 밤을 걸게 한다 밤은 어떻게 걷는가 밤은 무엇으로 걷는가 밤은 무엇을 지나가는가 밤은 다 어디로 가고 또 밤은 오는가 밤의 상상을 위해서라면 복도는 끝나지 않으려 한다 투명한 덮개처럼 끝을 열어 끝의 도망을 넓혀간다 도망은 달아나는 장소다 장소는 도망한다 내가 도망칠 때 나는 달아나는 장소다 어떤 사전에는 끝과 밤이 유의어로 분류된다 그렇다면 문장은 이렇게 적힐 수 있다

복도는 끝을 걸게 한다 복도는 끝을 걸게 한다 끝은 어떻게 걷는가 끝은 무엇으로 걷는가 끝은 무엇을 지나가는가 끝은 다 어디로 가고 또 끝은 오는가 끝은 끝을 상상한다 끝의 상상을 위해서라면 복도는 끝나지 않으려 한다 복도는 끝을 열어 끝의 도망을 넓혀간다 도망은 달아나는 장소다 복도는 도망한다 도무지 끝을 모른다 밤으로 도망하듯 밤을 깊이 파고들어가 밤으로 얼굴을 묻고 알지 못하는 그곳에 그들의 잠을 묻길 원하는 사람들 그들의 잠으로부터 자꾸만 꺼내지는 사람들 이상한 일이다 낙관으로도 비관으로도 문장이 흐르지 않는 것은

복도는 흐르는 장소다 복도에 서서 우두커니 서서 우두커니 서 있다 복도에 우두커니 남겨진 채로 그들은 어떤 부사 같다 복도를 뒹구는 떨어뜨린 것들 같다 이리저리 복도를 구르는 낙엽 같다 우두커니 서서 공간과 공간이 연결되지 않는 복도에 서서 공간과 공간이 연결되는 복도에 서서 이상한 일이다 문장이 연결을 향해 흐르는 것은

복도 나는 오래 살았다 복도식 아파트에 복도에 사다리가 걸쳐지고 빈 바구니들이 상승한다 꽉 찬 바구니들이 상승한다 복도에 내놓은 화분들 복도에 내놓은 상자들 복도에 내놓은 자전거 복도에 내놓으려고 아주 잠깐 열리는 문들 복도를 훔치려고 아주 조금 훔치려고 아주 잠깐 열리는 문들 복도는 문장을 걷게 한다 아장아장 아장아장 복도는 밤을 걷게 한다 어떤 사전에는 밤과 내가 유의어로 분류된다 밤을 또다시 그려보려고 밤과 나는 다르게 적힌다 이상한 일이다 문장이 낙관을 향해 흐르는 것은 그것이 도무지 낙관처럼은 보이지 않는 것은

네게 줄 의복처럼 이야기를 뜨개질하며

문을 열고 밖으로
문밖은 밤이고 문밖은 밖이다 밤은 드넓고
비가시적인 면적이다 밤을 걷고 밤을 걷고 밤을 다 걷
지 못하고 돌아와 문을 연다

그것은 어제의 일이고 오늘의 일이고 내일의 일이다
어제와 오늘과 내일은 잘 구분되지 않는 단위다 하지만
구분되어야 하는 것인지 나는 내게 물어보기를 원한다

문밖은 밖이고 이제 밖은 밤의 모양을 하고 있다 하지
만 밤에게도 겉이라는 것이 안이라는 것이 있을까 밤의
이질적이고도 고유한 그 어두움이 밤의 전부일까 밤을
밤이게 히는 것일까 겉도 안도 밤의 것이 아니라면 나는
밤의 어디를 걷고 걷고 걷다가 다 걷지 못하고 돌아오게
되는 것일까 나는 밤에 물어보기를 원한다 그것은 투정
도 아니고 왜 투정이어야 할까 문을 열고 하품처럼 나아
가며

냉동실에는 꽁꽁 언 것들이 있다 얼리려는 의도를 갖

고 얼린 것들이 있다 녹이려는 의도를 갖고 얼린 것들이 있다 잊혀진 채 얼어 있는 것들이 있다 잊혀지려는 의도를 갖고 얼어 있는 것들일까 그것의 잠이 맑은 정수리처럼 산산이 깨어지기를 바라는 것일까

골목이 없는 동네에 산다 산책에는 얼마나 많은 골목이 필요한가 산책은 얼마나 많은 골목의 열림과 닫힘을 지나가게 되는 일일까 냉장고 속은 골목 같지 않은가 풀밭에서 나오라고 풀밭에서 나오라고

밝이 들어간 단어들을 떠올려본다 창밖을 보라 창밖을 보라 흰 눈이 내린다 단어들은 창문인가 창밖인가 창 안인가 창으로 보게 되는 지금 여기, 나리고 있는 지금 여기, 녹고 있는 눈송이인가 썰매를 타는 어린애들은 해 가는 줄도 모르고, 손발이 얼어붙는 줄도 모르고, 밖은 들려오는 노래인가, 그 노래는 아름다운가

꿈 밖으로, 그것은 어쩐지 추방의 감정을 일으킨다 꿈의 표막이 유리 같은 것이라면, 꿈에서 밀려날 때마다 나

는 유리창처럼 부서질 것이다

　잠을 보호하라, 멸종 위기의 잠을 보호하라 그의 수첩
속에는 그런 문장들이 적혀 있다 연결을 근심하지 말며
그의 수첩 속에는 그런 문장들이 적혀 있다

　문장은 아주 짧은 한 토막의 잠처럼

　토막 난 잠처럼 연결을 모르고

　밤은 용해된다 그 모든 틈새 속으로

　잉어의 밤, 그리고 밤

5부

시소

마지막은 놀이가 되었다

양파의 껍질은 질문을 감싸고 있다

양파의 구조가 고안된 암시처럼 보이는 이유다

의문은

선반보다는 목구멍에 알맞다

볕과 부스러기

자두잼은 있지만 더위는 없어요
장면은 있지만 이야기는 없어요
비는 있지만 여름은 없어요
창문은 있지만 입장은 없어요
풀은 있지만 복도는 없어요
화분은 있지만 배열은 없어요
침대는 있지만 잠은 없어요
모래는 있지만 악몽은 없어요
의자는 있지만 자화상은 없어요
동사는 있지만 꼼짝없어요
열매는 있지만 태도가 없어요
내가 깨어났을 때 나는 걷고 있었고
내가 깨어났을 때 나는 잃어가고 있었고
내가 깨어났을 때 나는 내게 친절했어요
내 얼굴 위로 혼동이 쌓여갔어요
시계는 있지만 시간은 없어요
싸움은 없지만 고양이는 있어요
가을을 물고 고양이가 다가와요
가을을 떨어뜨리고 고양이가 사라져요

고양이는 있지만 안개는 없어요

풀냄새가 있지만 슬픔은 없어요

아무렇게나 놓여 있는 눈을 치우고

아무렇게나 실오라기가 붙어 있어요

아무렇게나 내리는 비가 좋아요

아무렇게나 어두워지는 거리가 좋아요

아무렇게나 밝아지는 거리가 좋아요

내가 깨어났을 때

틀림없이 내가 깨어났을 때

보세요 이렇게 잘게 부서지는 가을을요

비는 있지만 입장은 없어요

• 이 시는 쉼보르스카 作「박물관」의 문장 형식을 출발로 삼았다.
•「작가의 소리를 찾아서 2022」프로젝트에 참여한 시로 채집한 일상
의 소리와 글, 낭독을 비디오 아티스트 이면이 영상화한 협업 작업물
이 있다(https://www.youtube.com/watch?v=Qvnhx-2VoBk).

빗자루의 기도

가을은

동사가 없는 빗자루처럼

골목의 풍요에 아주 공손해요

가을은

더 쓸쓸하고 덜 쓸쓸하기를
그리하여 쓸쓸하기를

지평선 그리기

방은 완만한 평지처럼 보이고

문장에는 기울기가 있다

나는 옷가지의 말을 배우고

풀이 자라는 말 위에 누워 옷가지와 나는 말이 없다

잡풀이 수북해지는

장면처럼

휴일이 주어졌고

휴일들은 뒷면을 펼치며 눕는다

하나에서 모두까지 휴일은 기지개를 켜느라

고르지 않은 날씨처럼 휴일이 늘어난다

창문을 흐르게 하는 것들을 보게 된다

모두 그것은 기이한 단어다

풀이 수북한 말 위로 흩어진 무릎들이 자란다

언덕의 일처럼

언덕을 덧바르는 언덕의 일처럼

풀숲에 빠뜨리면 어떻게 하니

풀숲을 헤쳐 나가지 않으면 어떻게 하니

젖은 손을 떨어뜨리지 않으면 어떻게 하니

풀은 수북해지고

내게는 전체가 없다

혹은 전체에 대한 감각이

이불이 날아가지 않게 괴어둘 돌멩이를 주워오지는 않
았지

눈꺼풀이 있다는 건

눈동자가 있다는 사실 만큼 놀라운 일이다

방은 모두의 공원 같아서

모두의 공원을 닫지 않고

차를 끓이러 간다

찻잔 속에 물결을 만들고

가장 사적인 장소처럼

가장 비개인적인 장소처럼

한 모금씩 물의 표면을 마신다

그들은 이상하게 숨어 있다

빌려 온 이야기처럼

이야기

1
그레텔은 그림자를 오린다

한낮의 그림자는 또렷하고

식탁은 식탁보로 덮여 있다

오려둔 그림자를 하얀 식탁보에 붙이며 논다

한낮의 어린이는 빛나고
어떤 낮빛에 싸여 있다

0
그림자는 멀리를 감각하게 해

멀리 내다보면 멀리 가보고 싶다
멀리 내다보면 발이 투명해진다 안과 밖이 유리창처럼
우리를 나눠 갖지 않는다

2

이야기는 그 자신의 산책로에서 자주 돌아오지 못하는 채로 이야기를 비춘다

3

그림자는 자꾸만 누우려 하고 그림자는 눕자마자 잠들어버리지 않는구나 그림자는 잠이 묻어 올 수 없는 표면 같다 잠을 모르는 세계 같다 오래 죽은 그는 세계에 대한 감각을 수혈받기를 원한다 식탁을 덮고 있는 식탁보의 미세한 얼룩 같은 것 바람에 나풀거리는 식탁보의 귀퉁이 같은 것 뭔지 모를 것들이 스며드는 마음 한 귀퉁이 같은 것

4

멈춘 듯한 여름이고 멈춘 듯한 정오입니다 양껏 점심을 먹었고 양껏 시들어갑니다 펼쳐놓은 페이지는 양껏 햇빛을 빨아들이고 있어요 이 페이지는 아직 사랑을 모릅니다

이 페이지에는 불에 타는 냄새가 없고 불을 꺼뜨리는 냄새가 없고 이 페이지에는 잘 양육된 풍경이 없습니다

5
외출을 위해 모자를 고르고 외출을 위해 무릎을 고릅니다
두 개의 날이 자르지 않은 옷감을 내려놓고

(거울 앞에서는 오래 서 있고 싶지 않아)

1
등 굽은 그림자가 토마토 냄새를 흘리는 여름
덩어리와 어둠은 이야기를 들려주는 노파처럼 이가 없고

2

이야기는 모자보다도 작아집니다 모자 속에서도 들려
오는 이야기가 있고

선반에는 가볍고 비슷하고 고르기 어려운 모자들이 이
야기를 삶처럼 세고 있군요

그 자신의 산책로에서 이야기는 자주 돌아오지 못하는
채로 이야기를 비추고

그 빛을 따라가면 텅 빈 서가처럼 빈터가 있어요 하지
만 그것이 이야기의 위치는 아닙니다

3

풀밭에는

뒤엉킨 풀의 골격들

4

공간의 통로처럼

해변의 발가락처럼 다만 그 자신의 무게가 파고드는

이야기의 모래처럼

　서두름이 묻어 있지 않은 손처럼

　5
　밤으로 돌아와 나는 나의 목소리를 듣습니다

　문장은 우리가 있게 되는 곳이다
　문장은 우리의 떠남이 있게 되는 곳이다

　6
　세계는 거대한 여백처럼

　0
　세계는 거대한 공백처럼

　하지만 그것이 이야기의 위치는 아닙니다

나의 엎드린 한나

사과라는 시간이 있다

시간을 시간으로부터 구분하는

시간을 시간으로부터 들어 올리는

한 알 두 알 세 알……

윤곽을 또렷하게 발음해볼 수 있는

레몬

　레몬은 레몬나무의 열매다 리카와 가디의 정원에는 레몬나무가 있다 겨울에 그들을 방문했고 레몬이 열린 나무 곁에서 시소를 탔다 서른 즈음의 가디가 만든 좌우로 돌아가는 원형 시소였다 시소를 돌리면 레몬나무 가지와 잎과 레몬들을 스친다 그가 늙었고 그의 나무가 자랐기 때문이다 시소를 돌리면 몸을 숙인다 레몬나무 가지와 잎과 레몬은 피하지 않기 때문이다 레몬나무 아래는 떨어진 레몬들이 있다 레몬을 주워 레몬 냄새를 맡는다 레몬이 내는 냄새가 좋아 더 깊이 들이쉰다 코에서 레몬이 자란다면 매번 향기로운 숨일 것이다 그렇지만 코가 무겁겠지 레몬 냄새만을 맡는다면 세계는 레몬 한 알만큼일까 그것은 세계를 생략하는 일이 되어버릴까 레몬한 알을 주워 냄새를 맡는 일은 향기롭다가 무서운 것이된다 생략된 세계를 상상하는 일은 신체를 슬프게 한다하지만 슬프다는 것은 무얼까 나는 슬픔에 놓여서도 슬픔을 알지 못한다 거실 안의 리카와 가디는 내가 잘 모르는 사람들 앞으로도 그들을 잘 모를 것이다 그들에게는 종종 떠올리게 되는 레몬나무가 한 그루 있고 그들은 레몬나무와 함께 떠오른다 그것은 시소가 레몬나무와 함께

떠오르는 것과 같은 일이다 그러면 나는 또 레몬나무에
매달린 레몬들과 레몬나무 아래 떨어진 레몬들의 밝기를
떠올리게 되고 레몬이 일정한 빛을 내는 전구 같다는 생
각을 하게 된다 레몬의 밝기는 안정적이라는 것을 생각
히며 나는 거의 레몬을 숭배하는 마음에 이르게 된다 그
렇지만 그것은 신앙 없는 사랑이다 레몬이 켜진 그들의
정원에서 좌우로 돌아가는 시소를 타고 레몬나무를 스칠
때 즈음 몸을 숙이는 나는 레몬의 안정적인 밝기를 생각
하고 레몬나무 가지와 잎과 레몬은 피하지 않기 때문에
더 깊숙이 몸을 숙인다 그러고서도 몸이 닿는다

싸움도 없고 고양이도 없지*

이도와 마야에게는 여섯 명의 아이가 있다 머리가 길고 맨발이다 그들의 학교는 학교가 아닌 모든 것이다 그들은 이제 여덟이 탈 수 있는 큰 차를 몬다 *샤밧 샬롬* 안식일에는 안식일의 인사를 건넨다

슈티젤 씨의 노트에는 그가 그린 동물들과 인물들이 있다 그가 그린 동물들과 인물들은 슈티젤 씨의 노트 속에서 그들의 알려지지 않은 삶을 이어간다 슈티젤 씨는 노트를 펼치고 그림을 그린다 슈티젤 씨는 노트를 닫고 그림을 그린다 그가 그림을 그리기 때문에 그는 노트를 지닌다 세계가 노트를 지니기 때문에 세계는 노트 속에서 그들의 알려지지 않은 삶을 이어간다 노트는 대부분의 시간 닫혀 있다 얇고 가벼워 지니기 좋은 세계가 그의 주머니 속에 닫혀 있다

그가 그린 동물들과 인물들은 그의 내부로 옮겨졌다 그가 그의 내부를 내버려두었기 때문에 그의 내부가 무성하다 그곳에는 선으로 그린 동물들과 인물들이 배치되어 있다 배치는 배치를 변경한다 그가 그림을 그리기 때

문에 노트가 종종 펼쳐진다 그의 노트가 펼쳐질 때마다
그의 노트는 아름다운 골격을 드러낸다 얇고 가벼워 지
니기 좋은 선들이 뼈처럼 차곡하다 그의 노트가 펼쳐질
때마다 그가 그린 동물들과 인물들은 세계로 열어놓은
창문을 이어간다 이것이 싸움도 없는 전진이라면

　그는 그의 노트를 웃옷 속주머니에 지니고 다닌다 웃
옷을 벌려 노트를 꺼낸다 그의 손가락이 가장 고요해지
는 순간이다 그가 그의 내부를 내버려두었기 때문에 그
의 내부는 온통 주름이 많아진다 이도와 마야에게는 여
섯 명의 아이가 있다 아이들이 태어났을 때 아이들은 살
갗이 너무 얇아서 매 순간 태어나고 있는 것처럼 보였다
평화가 깨어진 것처럼 보였다 *샤밧 샬롬* 안식일에는 안
식일의 인사를 건넨다

　* "싸움도 없고, 고양이도 없지"(아모스 오즈, 『나의 미카엘』, 최창모 옮
김, 민음사, 1998).

눈사람

베란다에서 꺼내 온 귤이다

즙 많은 과육 속에 차가움이 스며 있다

유리문 닫은 실내에서

열매 하나 크기의
차가움이 좋아

열매 쥔 손의 감각을 석고 틀처럼 뜨고 싶다

작고 치밀하고
생생한 알갱이들

귤의 껍질을 벗길 때 귤은 소리 낸다
얼마나 많은 사이를 가지고 있는지를 들으려는 것처럼

그곳의 사람들은 귤을 줍지 않았다
매달린 열매와 떨어진 열매들로 겨울이 이어졌다

열매가 밝힌 빛들은 낭비되고 있었다
구획된 길을 따라 뜰이 넓은 집들이 이어졌고

마을은 사람이 살지 않는 곳일까

겨울을 얼마나 가지고 있는지를
창문들은 들여다보는 것처럼

오랜 긴장이 그를 느슨하게 떠나는 순간들이 있었다

마을은 물체의 위치를 알리는 곳일까

겨울의 정지처럼

꺼낼 수 있을 것처럼

열매가 밝힌 빛들은 낭비되고 있었다

머리 어깨 무릎 발 무릎 발

주어를 바꾸자 세계의 평온이 길어진다

전구를 갈고

수건을 걷고

타일을 닦고

바닥을 쓸고

나열은 구겨짐을 쓸어보는 무감정한 손길 같다

발끝에서 정수리까지

나열은 분할에 참여한다

대기실에는 의자들이 있고

대기실에는 간격이 있고

간격은 지켜지기를 원하고

때때로 발은 무게에서 풀려나기를 바란다

발은 무게에서 풀려난다 발은 무게에서 풀려나지 않
는다

이 문장은 발의 무게 같다

발을 초과하려는 무게 같다

의자가 있는 문장과 의자가 없는 문장을 ㄱㄹ시오.

대기실에는 지시문들이 있고 의자들이 있고

초 단위의 시간이 있고 착오가 있고 야단법석이 없고

온종일 의자들은 순조롭다 순조롭게 망가진다

의자를 알게 되는 일에는 어떤 종류의 관계가 필요할까

의자에 대한 사랑을 모르는 채로 의자에 앉아 있다

의자를 몰라서

하지만 안다는 것은 무얼까, 모른다는 것은

의자를 기억하는 일은 믿음이 (불)필요해 보이는 장면
으로 흘러간다

믿는 게 제일 쉽잖아요 그들은 말하고

의자의 테두리 밖으로 믿을 수 없는 시간이 밀려나고

믿을 수 없는 속도를 계산하시오.

대기실에는 지시문들이 있고

의자에 앉아 의자가 있는 문장과 의자가 없는 문장을
골라볼 수도 있겠지

의자가 있을 때에도 의자가 없을 때에도

발끝에서 정수리까지 한없이

의자에 다가갔다

한없이 의자가 공급되고 있었다

우연한 문장

언덕처럼 덧바르고 싶다

언덕처럼 덧바르고 싶다

아는 채로
모르는 채로

언덕처럼 덧바르고 싶다

이미와 다시 사이

쏠려 오고
쏠려 가는

덧바르고 싶다

언덕처럼 언덕처럼

하지만
언덕처럼

공원의 배치

공원은 다른 것을 의미했다

공원에서는 꺼낼 수 있었다

불안이 두텁게 발린 빵

새가 어깨로 내려앉는 기분

여름이 우리에게서 멀어지는 소리

펼쳐놓은 얇은 직물의

엷은 고요

부러진 나뭇가지를 주웠다가

다시 떨어뜨리는 일

식물이 공간을 점유하는 방식의

오랜 우아함

*생물*이라는 단어의 섬세한 세부 구조를

신의 장소처럼 바라보는

어눌하고 어눌한 사람들의 휴일과 휴식

풀밭에 앉아

이도 저도 아닌 *생물*이 되어가는 일

구름 위로 엉뚱한 말들이 발견되다가

그보다는 신선한 구름을

갓 지어 허물어지는 구름의 산책과 이별을

나는 또다시 이상한 사람이 되고 말겠지

그것은 나의 곤경도 나의 사유도 나의 진화도 나의 퇴보도 아닌

풀 *위*로

부스러기처럼 흘리고 다녀서 나는 오늘도

나를 찾아오는

유리창 깨뜨리기

비를 따라 흩어지는 주어, 주어들

사물들은 시간을 소중히 하지

이제 일요일을 움직여보렴

일요일의 사람들처럼

소금기 없는 감정처럼

일정하지 않은 길이의 부드러움처럼

들판에 귀 기울인다

그는 쓸쓸해 보였는데

그것은 일요일의 아주 작은 부분이었다

자세한 일이었고

계속 그렇게 서 있었다

담긴 눈으로

눈을 감았고

주머니는 풀 같은 것일까

우리에게도 필요할까 그런 것이

손을 뻗으려는 것처럼

풀은 여름을 웃자라게 한다

일요일의 책을 덮으며

발아하는 마침표들

허공에는 언제나 한 개의 손이 남아 있다

0부

가연성

거울을 들여다보며 여름을 씻고 있었다

여름은 고요해졌다

고요가 장소 같다면

그는 너무 많은 장소다

암전

사공도 없이 삿대도 없이
공터로 갔다

물이 괴어 있다

물의 표면은 물속보다 낯설다
손을 가져가면 손을 끌어당길 것 같다

아침에 일어나면 물을 마신다
그는 내게 물을 권한다

컵을 쥐고
이야기들을 마셨고

나는 이야기를 시작하지 않는다

아무 일 없어요

손을 가져가면 손을 끌어당길 것 같은 말이었다

테이블에는 빛으로 일렁이는 표면이 있고

이렇게 적고 나면
시간은 부드러운 줄기의 식물 같다

반대말을 모르는 얼굴 같다

주소가 적혀 있다

금요일의 일몰과 토요일의 일몰을 이어

안식이 자랄

풀밭을 펼쳐놓는다

안식일은 한 움큼의 풀 같은 것일까
                한 포기의 풀 같은 것일까

식물의 뿌리를 따라 구두를 벗고 나는 이동하고

풀이 뻗어 가는 풀밭이다

금요일의 일몰과 토요일의 일몰 사이에는 무엇이 있나

안아줘
네가 말했고

풀이 자라는 소리를 숨겨둔 풀밭이다

어떤 회오리에서는 단맛이 나고

그것이 회오리의 맛은 아니다

왼손과 오른손에 물을 끼얹었고

나의 피부는

조용함의 외관을 하고 있다

어떤 페이지에서는 머무를 수 없다

젖은 감자를 깎고 있었는데

벨이 울리면 죽은 사람처럼 조용해졌다

오늘 본 것들을 오늘 다 말하지는 않았다

나는 단 한 번도 한눈에

오래 머물 리 없는 그러나 아마도 몇 번은 돌아오게 될 이곳에 그녀는 식물을 심는다. 그녀가 카디건을 벗어 의자에 걸치듯이 그녀의 눈길을 이파리와 줄기 위로 벗어두려고. 불이 꺼지듯이 눈앞이 캄캄해지려고. 절망이 꺼지듯이 눈앞이 캄캄해지려고.

살아 있는 것을 심어도 될까. 죽어 있는 것을 심어도 될까. 한눈에 바라볼 수 없는 것이, 한눈에 바라본 적 없는 것이, 그것이 그녀의 전경이 되어도 될까. 부드럽고 고집스러운 것들이, 부드러움과 완고함들이 그녀의 전경을 이룰 때. 나는 단 한 번도 단 한 번도 한눈에 바라보지 못해요, 나는 못해요.

엄마, 사다리차 소리가 무서워요. 엄마, 사다리차를 보고 싶어요. 두 살 아이가 말할 때. 사다리차 앞으로 나아가던 걸음을 멈추고 우리가 사다리차를 바라볼 때.

그녀는 시간을 대괄호로 묶었다, 소괄호로 감쌌다. 그녀는 묶음에서 놓여나 묶음을 바라본다. 그녀는 묶음에서 놓여나지 않는다. 그녀는 이 대치를 어떤 눈길로 바라보는가. 이 대치는 그녀에게 어떻게 개입하는가. 시간은, 그녀에게 친절했다. 시간의 친절을, 그녀는 잘 다루지 못한다.

괄호의 안으로도 괄호의 밖으로도 그녀의 잠은 늘 더 작은 조각으로 흩어지기를 좋아한다. 그녀는 그것을 붙일 아교를 찾지 않는다. 그녀는 잠의 조용한 의지가 되풀이되는 징소다. 잠으로부터 함부로 꺼내지는 장소다. 함부로 꺼내져 그녀는 그녀의 조용한 삶을 아교 없이 이어간다.

시간은, 그녀에게 친절했다. 대괄호를 부드럽게 쓰러뜨리며, 소괄호의 니비를 멀리 떨어뜨리며 시간은 자신의 뻗어감과 정지를 어떤 눈길로 바라보았나. 그녀는 그

녀에게 친절했다. 아주 적은 순간에. 그 작은 순간이 괄
호의 너비 안에서 괄호의 너비 밖으로 괄호의 너비를 변
경하며 부드럽게 우거지는 것을 그녀는 어떤 눈길로 바
라보는가.

　천사는 5월의 나뭇가지를 흔들고 있다. 아직 닿지 않
은 시간을 흔들고 있다. 천사가 차려놓은 음식은 벌써
식었고 크림의 테두리는 말라간다. 천사의 접시 위로 지
나간다. 하루의 낮과 밤이. 하루보다도 많거나 적은 그
림자의 세계들이. 천사의 접시 위로 지나간다. 낮과 밤
을 적어가는 가느다란 글씨들이. 덤불 사이로 들어가 그
의 작고 신비한 세계에 대하여 호두알보다도 작은 머리
로 짓는 새의 갸웃함이. 우리 엄마 TV 진짜 많이 봐. 근
데 나도 TV 많이 봐. 아이들의 대화가. 보조용언은 자립
성이 희박하거나 결여되어. 문장은 결합력이 몹시 강해
서 나는 매번 그것을 멀리 떨어뜨린다. 나의 천사는 내
게 친절하다. 나의 천사는 나를 돌보지 않는다. 나의 천
사는 부서진다. 기쁨이 도착할 텅 빈 접시를 들고.

　시간은 그림자들이 스칠 표면을 찾아 그 자신의 속도
를 모르는 채로 뻗어가고. 시간은. 담기지. 않아도. 좋으
리. 시간의 무릎은 자주 멍이 들고. 천사는 5월의 나뭇가
지를 그의 투명한 얼룩 같은 무게로 조금 더 흔들어도 좋

으리. 나무는 시간을 알리리. 절망이 꺼지듯이 눈앞이 캄
캄해지고. 절망이 꺼지듯이 들려오는 노래를 부르다가.

작은 토끼야 들어와 편히 쉬어라. 내가 또박또박 한
음절씩 노래할 때. 아이가 내가 발음한 것과 발음하지
않은 것을 눈을 떼지 않고 바라볼 때.

그녀는 문장의 연결을 바라본다. 비연결을 바라본다.
그것이 그녀의 전경이 되어도 될까. 어제 그녀는 그 순
간에 담긴 이 모든 것을 그녀가 그리워하리라는 것을 알
게 된다. 그녀가 그리워하지 않은 것들을. 그림자는 그녀
의 내면을 투영하고 있는 것 같았다. 그녀의 정신은 투
명해졌고 그녀의 정신은 흐릿해졌다. 그녀는 걸음을 멈
추었고 작은 노트에 짧은 문장들을 적어갔다. 그녀는 멈
춘 만큼 걸을 수 있었다. 옮겨질 수 있었다. 그녀는 미래
의 글을 적고 있었다. 우두커니 선 채로 떠나고 있었다.
그녀는 그녀라는 단어로 걸어간다. 그녀는 그녀의 역사
없이 걸어간다. 그녀는 단어 하나 속에 몸을 웅크려 넣
을 줄 안다.

그녀는 스스로를 위해 가진 이미 피로해진 시간을 외
로움에 쏟았다. 그것을 알기 위하여. 그것이 그녀를 어
떤 형태의 앎에 이르게 하는 것인지를 그녀는 알 수가

없다. 그녀는 스스로를 위해 가진 이미 피로해진 시간을 외로움에 쏟았다. 그것에 대한 모름을 적어가기 위하여. 다만 상세하게 모름을 적어가기 위하여. 모름에 대하여 그녀 자신이 일종의 상세함이 되기 위하여. 그녀는 어떠한 앎에도 이르지 못하리라. 닿지 못하리라. 그것은 선험적인 감정이다. 선험적인 감각이다. 그것은 선험적인 울음이다. 그녀는 울 것 같은 기분에 휩싸여, 울 것 같은 감각에 휩싸여, 울지 않은 채로, 울지 않는 채로 걸어간다. 그녀는 페이지를 떠나지 않는다. 그녀는 페이지를 떠난다. 떠남이 발생한다. 떠남이 머문 자리가. 떠남이 지나간 자리가.

그녀는 묻는다. 이 소음을 원하는지를 묻는다. 얼굴이 얼굴 위로 조금 다른 간격과 윤곽으로 겹쳐지는 이 소음을 원하는지를 묻는다. 머뭇거리게 하는 얼굴을 들고. 머뭇거리게 하는 얼굴을 숙인 채로.

손안에는 아주 작아진 '톨'이라는 단어가 있었고, 언젠가의 나는 그런 문장을 적었다. 작은 것을 잘 세는 사람이 되고 싶다. 언젠가의 나는 희망한다. 나는 매일 쌀을 씻는다.

침실에는 그런 것들이 있다. 토끼 인형 강아지 인형

거북이 인형……

부드럽고 끌어안게 되고 떨어뜨릴 때 소리가 삼켜지는 것들 뼈가 없는 것들 손톱이 없고 이빨이 없는 것들 부러지지 않고 찢어지는 것들. 그런 것들이 나의 전경이라면. 나는 단 한 번도 단 한 번도 한눈에 바라보지 못해요, 나는 못해요.

내가 발음한 것과 발음하지 않은 것을 내가 눈을 떼지 않고 바라볼 때. 절망이 켜지듯이 눈앞이 캄캄해지고 절망이 꺼지듯이 눈앞이 캄캄해지고.

창밖에는 눈이 오고

눈
아기 눈 (손가락으로 제 눈을 가리키며)
다른 눈 (창밖을 바라보며)

너와 나는 우리의 작은 세계에 서서

나는 단 한 번도 단 한 번도 한눈에 바라보지 못해요, 나는 못해요. ▨